I0682842

3

LE CARNAVAL
D'UNE PETITE VILLE
O U
LES MASQUES
ARRETÉS,
VAUDEVILLE.

Par le Citoyen GROGNER.

A A U R I L L A C ,
Chez VIALLANES, Père et Fils, Imprimeurs.
AN XI.

PERSONNAGES.	ACTEURS.
FATIVAL.	S. Aubin.
FRONTIN, valet de Fatival.	Abadie.
VALERE, amant de Julie.	Dabrin.
AMINTE.	M.me Regné.
JULIE, nièce d'Aminte.	M.me Giot.
Un Marchand de Masques.	Dauteuil.
Un Sergent.	Dermon.
Soldats de la garde.	Figurans.

La Scène se passe sur une Place publique.

━━━━━━━━━━━━━

A MES CONCITOYENS.

EN faisant imprimer cette Bluette, je ne me suis pas dissimulé qu'elle perdrait à la lecture le prestige de la représentation, et que les fautes trop nombreuses qui s'y trouvent seront plutôt remarquées par la réflexion du lecteur; mais ici, comme sur le Théâtre, j'implore l'indulgence du Public pour un ouvrage d'une bien faible importance, qui n'a été composé que pour réjouir un instant mes Concitoyens, et qui ne mérite pas de fixer l'attention de la critique.

LE CARNAVAL
D'UNE PETITE VILLE

O U

LES MASQUES ARRETÉS,

VAUDEVILLE.

SCENE PREMIERE.

FATIVAL, FRONTIN.

FATIVAL.

D'où viens-tu, maraud ?

FRONTIN.

Parbleu, monsieur, je viens de faire vos commissions.

FATIVAL.

Mais, fallait-il si long-temps, pour cela ?

FRONTIN.

Comment ! monsieur, je bats le pavé depuis trois heures pour porter vos billets doux ; j'ai été chez la coquette Aglaë ; je me suis annoncé en ambassadeur de boudoir ; je lui ai remis votre poulet : elle en a bien ri.

FATIVAL.

Elle en a ri, dis-tu ?

FRONTIN.

Eh oui, elle en a ri ; Aglaë rit de tout ; mais elle m'a dit que vous étiez charmant.

FATIVAL.

Ah! je le crois ; et puis?

FRONTIN.

Et puis elle s'est tournée vers un jeune fat qui assistait à sa toilette, et l'a consulté sur la couleur d'une robe qu'elle mettait pour la première fois.

FATIVAL.

Et puis?

FRONTIN.

Et puis, elle m'a dit que vous étiez bien aimable, bien galant, un mortel adorable ; et elle m'a congédié avec un sourire, mais un sourire qu'une coquette seule peut trouver, qu'un sot ne devine jamais, et dont l'homme de bon sens est quelquefois la dupe.

FATIVAL.

Finiras-tu, bavard éternel?

FRONTIN.

Ensuite, je me suis rendu chez la prude Clorinde.

FATIVAL.

Elle était chez elle ?

FRONTIN.

Eh! mon dieu, oui, monsieur ; est-ce que les femmes de ce genre ne sont pas toujours chez elles pour recevoir les messages de leurs nombreux amans; elle a feint d'abord de ne pas me connaître; elle m'a demandé qui j'étais, en quoi elle pouvait me rendre service. Madame, lui ai-je répondu : je suis le confident discret de mon maître, que vous connaissez, et voici un domino qu'il vous envoie. Un domino ! s'est-elle écriée ; à moi, un domino ! mais votre maître sait bien que je n'aime pas ces folies.

FATIVAL.

Elle t'a dit cela ?

FRONTIN.

Puis, changeant tout-à-coup de ton, et me glissant un double louis dans la main....

FATIVAL.

Que tu n'as pas refusé.

FRONTIN.

De la part d'une prude, il y aurait conscience...; elle m'a interrogé sur votre caractère, sur votre conduite, et m'a demandé, avec un embarras affecté, si elle devait compter sur votre amour, sur votre discrétion sur-tout....

FATIVAL.

Et que lui a répondu l'ambassadeur Frontin ?

FRONTIN.

Ah ! monsieur, dispensez-moi de vous le répéter ; je craindrais de blesser votre modestie ; je sais que dans toutes les circonstances, le valet doit prendre les intérêts de son maître, et là-dessus mon zèle s'est surpassé.

FATIVAL.

Fort bien, Frontin, tu es un garçon dont je fais un grand cas, et pour t'en donner une preuve, je vais te faire une confidence.... je suis amoureux d'un nouvel objet.

FRONTIN.

Amoureux, vous le croyez, monsieur, et moi, je gagerais que non.

FATIVAL.

Comment, tu gagerais ?

FRONTIN.

Et oui, vous dis-je, je gagerais qu'il n'en est rien.

FATIVAL.

Je te jure cependant que peu ne s'en faut que j'en perde la tête.

FRONTIN.

Et parlez donc, à-présent je vous crois.

AIR : La beauté que l'or intéresse.

Jadis rempli de sa tendresse,
L'Amant brûlait d'un feu discret ;
On adore encor sa maîtresse,
Mais ce n'est que dans un couplet.
Dans une ame sensible, honnête
L'amour régnait en souverain ;
Mais aujourd'hui l'on perd la tête
Pour l'objet qu'on trahit demain.

FATIVAL.

Je te parle sérieusement, j'aime la nièce d'Aminte, cette veuve qui reste ici près.

FRONTIN.

Quoi ! la nièce de cette veuve sexagénaire, arrivée depuis peu de Paris, et qui joint tous les ridicules de son âge aux prétentions d'une coquette de vingt ans ?

FATIVAL.

Précisément ; je me suis déjà introduit dans sa maison ; j'ai fait la cour à la tante, mais dans l'intention de m'emparer de la nièce.

FRONTIN.

C'est bien imaginé, pourvu cependant que la tante ne veuille pas vous garder pour elle.

FATIVAL.

Elle ne poussera pas l'extravagance jusques-là.

FRONTIN.

Une vieille folle en est bien capable.

FATIVAL.

Oh ! par ma foi, ce sera tant pis pour elle.

FRONTIN.

Je crois d'ailleurs que vous avez un rival, un certain Valere.

FATIVAL.

Tu me rends assez de justice, pour penser qu'il ne peut être dangereux pour moi ; mais les voici.

SCENE IIe

FATIVAL, FRONTIN, AMINTE, JULIE.

FATIVAL.

J'ALLAIS vous saluer chez vous, madame, et vous présenter mes hommages.

AMINTE.

Monsieur Fatival, je suis votre très-humble servante.

FATIVAL.

Permettez que je vous félicite sur votre santé ; votre visage est aujourd'hui d'une fraîcheur étonnante. . . . mademoiselle Julie, agréez mes respects.

A M I N T E.

Ah! monsieur Fatival, je n'ai pas dormi de cette nuit.

F A T I V A L.

Vos yeux ont cependant un éclat qui m'enchante.

A M I N T E.

(*A part*) Peut-on être plus galant ! (*haut*) j'ai bien du plaisir à vous rencontrer, monsieur Fatival, je m'ennuyais à mourir.

F A T I V A L.

Si madame veut un peu se dissiper, je lui proposerai une partie de plaisir.

A M I N T E. (*vivement*)

Une partie de plaisir ; ah ! monsieur Fatival, j'en suis : mais quel plaisir peut-on trouver dans une petite ville comme celle-ci.

F A T I V A L.

Madame Dorsigni donne ce soir un bal ; et si vous voulez j'aurai l'honneur de vous y conduire.

A M I N T E.

Un bal de province , ah ! qu'elle horreur !

F A T I V A L.

Je conçois que vous y serez très-déplacée, mais il vaut autant s'ennuyer là que bailler chez soi.

J U L I E.

Monsieur a raison : il faut y aller, ma tante.

A M I N T E.

Et pourriez-vous me dire quelle sera la société que nous y trouverons ? des bourgeois bien sots, des jeunes-gens bien maussades, mais cela m'est égal, je suis curieuse de connaître les bals de ce pays.

FATIVAL.

Croyez, madame, qu'ils ne sont pas sans agré-mens; au surplus je vais vous en donner une idée.

AIR : En France autrefois la peinture.

> Figurez-vous mille bougies
> Eclairant un vaste sallon,
> Où mille beautés réunies,
> Tout au tour forment un cordon;
> Mais, sitôt que la contredanse
> Les appelle sur le parquet,
> A l'envi chacune s'élance;
> Plus de repos, plus de caquet.
>
> Les mamans, toujours incommodes,
> Jasent entr'elles dans un coin,
> Médisent du temps et des modes,
> Surveillent tout avec grand soin;
> Debout, devant la cheminée.
> Quelques Messieurs, sages nouveaux,
> Réglent l'Etat, guident l'armée,
> Parlent de vers et de journaux.

AMINTE.

Voilà une description des plus belles, mais on ne danse pas toujours; que fait-on alors pour tuer le temps? Quelle ressource trouve-t-on contre l'ennui dans un pays où il n'y a ni spectacles ni concerts?

FATIVAL.

On fait, le long de la journée, deux ou trois visites bien longues et bien ennuyeuses que l'on se rend réciproquement.

JULIE.

Mais, en revanche, on fait le soir des jeux de Société.   B

A M I N T E (*avec ironie*).

Ah ! cela doit être charmant. Mais, à propos, tu étais quelquefois de ces soirées, et tu paraissais en être enchantée ; ce n'est pas étonnant, tu as été élevée dans ce pays-ci.

J U L I E.

Croyez, ma tante, que ces jeux de Société sont quelquefois assez piquans, et je vais vous en faire la description.

A i r du Vaudeville des Visitandines.

Voulant qu'on épuise la rime,
Églé propose un Corbillon ;
Chacun donne un essor sublime
A son imagination.
Mais bientôt la jeune Nanette
Soutient à la Société
Que pour ranimer la gaieté,
Il faut faire un tour de Scelette.

Lasse de voir qu'on la baffoue
A la faveur d'un jeu malin,
Une Prude veut que l'on joue
Au Curé, jeu savant et fin ;
Iris, voulant rire d'un Claude
Que l'on frappera sans pitié,
Laissons-là monsieur le Curé,
Jouons, dit-elle, à la Main-Chaude.

Si le bruit ne vous incommode,
Dit Lise, après ces jeux divers,
Faisons un jeu fort à la mode,
Ah ! Mesdames, jouons au Tiers ;
Un Tiers aux Dames ne plaît guère ;
Il vient toujours mal-à-propos,
Iris aime les quiproquos,
Jouons, dit-elle, au Secrétaire.

A M I N T E.

Tout cela est bien bon pour amuser des enfans.

SCENE IIIe

FATIVAL, FRONTIN, AMINTE, JULIE,
un Marchand de Masques.

Le Marchand.

AIR de la Carmagnole.

Qui veut des masques ? en voilà ;
A bon compte on vous les vendra.
Figure d'Arlequin ,
Barbe de Capucin ,
J'en ai de toute espèce ,
En voulez-vous ? en voulez-vous ?
Je les vends six sous pièce ;
En voulez-vous ? c'est six sous.

FATIVAL.

Parbleu , madame , puisque nous devons aller
au bal , nous ne ferions pas mal de nous masquer ,
et voilà précisément un marchand de masques.

AMINTE.

Eh ! mais , oui ; cela serait assez plaisant.

JULIE.

Ma tante , voulez-vous que je l'appelle ?

Le Marchand (*s'approche du devant du Théâtre*).

Même air.

Joyeux enfans du Carnaval ,
Si vous voulez aller au bal ,
J'ai des masques pour vous ;
Voyez , aimables fous :
J'en ai de toute espèce ,
En voulez-vous ? en voulez-vous ?
Je les vends six sous pièce ;
En voulez-vous ? c'est six sous.

Allons, mesdames et messieurs, c'est à choisir
et pas cher.

FATIVAL.

Approche, mon ami, et voyons tes masques.

JULIE.

Ma tante, voulez-vous permettre que j'en choi-
sisse un pour moi.

AMINTE.

Et sans doute, puisque vous devez nous suivre;
mais comment nous masquerons-nous?

FATIVAL.

Il faut, madame, vous déguiser en duegne, et
mademoiselle prendra un habit de jokei.

AMINTE.

J'y consens; voilà qui est décidé. Il ne reste
plus qu'à se pourvoir d'un masque.

JULIE.

Oh! comme il y en a de laids! comment peut-
on imaginer des figures comme cela?

Le Marchand.

Mademoiselle, il en faut pour tous les goûts.

AMINTE.

Monsieur le marchand, vous devez beaucoup
gagner à ce commerce?

Le Marchand.

Hélas! madame, tout n'est pas profit; nous
sommes sujets à de grandes pertes, comme les
autres marchands. Imaginez-vous, madame, qu'il y a
treize à quatorze ans que j'avais un magasin immense
rempli de masques de toute espèce; je fournissais la

capitale et la province ; je fournissais aussi la cour ; jugez par là si j'avais un grand débit. Mais la révolution vint, et tous mes masques furent de rebut.

JULIE.

Et pourquoi donc cela ?

Le Marchand.

Tout le monde n'en voulut plus alors que d'une seule espèce.

AIR : Je possède au dernier dégré.

Des masques j'eus un grand débit,
J'en avais de tout caractère ;
Mais pendant un temps l'on n'en prit
Que d'une forme singulière.
Le fat, le sot et le savant,
L'escroc, l'agent du despotisme,
Fripon, bourgeois, riche et manant
Prenaient un masque de civisme.

AMINTE.

Mais les temps sont changés, et vous devez aujourd'hui......

Le Marchand.

AIR : Je sais payer la Contredanse.

Oui, d'un goût aussi monotone
Tous les Français sont revenus.,
Et depuis quelque temps personne
De ce masque-là ne veut plus ;
On a changé de politique
Et moi, j'y trouve mon profit :
Plus de rebut dans ma boutique,
Chaque masque y trouve un débit.

Ce qui me fâche, c'est que le Carnaval de cette année est bien triste, et vous sentez que cela ne fait pas mon compte.

FATIVAL.

Tiens, mon ami, voilà pour les trois masques que nous avons pris.

Le Marchand.

Je vous remercie, monsieur, et vous souhaite toute sorte de plaisirs et d'amusemens. (*il sort*).

AMINTE.

Julie, porte cela dans ma chambre. (*Julie sort*).

SCENE IV.ᵉ

AMINTE, FATIVAL, FRONTIN.

AMINTE.

IL est donc convenu que nous nous masquions ce soir, et que vous voudrez bien avoir la bonté de nous conduire au bal de madame Dorsigni.

FATIVAL.

Vous ne sauriez croire, madame, combien je serai enchanté d'être votre cavalier.

AMINTE.

Réellement!.... Tenez, monsieur Fatival, je suis veuve, j'ai bien regretté mon mari, mais je ne vous cacherai pas que si je trouvais un jeune homme doux, tendre, constant, aimable,.... comme vous, par exemple...... Mais à mon âge, on doit craindre......

FATIVAL.

A votre âge! mais vous voulez rire; est-on

vieille à soixante ans ? et je suis persuadé que vous n'en avez pas davantage.

AMINTE (*piquée*).

Dieu merci, je n'en ai encore que cinquante.

FRONTIN.

C'est bien aussi ce que mon maître voulait dire, et même en vous regardant de bien près, vous ne paraissez pas en avoir plus de vingt-cinq.

AMINTE.

Ce garçon-là me plaît ; il a une figure tout-à-fait revenante.

FATIVAL.

Quant à moi, je ne vous tairai pas que je n'aime guère ces petites poupées de quinze ans.

FRONTIN.

Fi donc ! le beau regal ! cela vous a un air si sot, si gauche.

FATIVAL.

J'aime les femmes d'un âge mûr ; avec elles, la moitié du chemin est toujours fait.

AIR : *Ah ! de quel souvenir affreux.*

Vous qui voulez jeunes appas
Et n'aimez que boutons de rose,
Amis, je ne vous blâme pas,
Mais moi, je veux la fleur éclose.
Une beauté dans son printemps
Peut promettre un plaisir céleste ;
Mais une veuve à cinquante ans

AMINTE.

Mais une veuve à cinquante ans ;

FATIVAL.

Ah ! daignez m'épargner le reste.

Même air.

Plus d'une fille de quinze ans
Le long du jour est occupée
A chiffonner quelques rubans
Pour en habiller sa poupée.
Tenez-lui des propos galans ,
Elle rougit , fait la modeste ;
Mais une veuve à cinquante ans ,

A M I N T E.

Mais une veuve à cinquante ans ;

F A T I V A L.

Ah ! daignez m'épargner le reste.

A M I N T E.

C'est charmant ! .... petit espiègle , vous ne
savez pas combien vous êtes dangereux......
Mais je ne songeais pas qu'un plus long tête-à-tête
pourrait avoir des conséquences ; il est temps
que je rentre chez moi. Je vous salue, monsieur
Fatival , à tantôt...... Il est charmant , il est
charmant ! (*elle sort*).

S C E N E V.e

F A T I V A L, F R O N T I N.

F A T I V A L (*riant aux éclats*).

Eh bien ! comment trouves-tu cette folle ?

F R O N T I N.

Eh , monsieur ! je la connaissais déjà ; je vous
avais bien dit qu'elle était capable de vous prendre au mot.

FATIVAL.

Songeons maintenant à nos affaires ; j'ai besoin de ton secours. Il faut que tu te masques aussi pour venir au bal avec moi.

FRONTIN.

Je suis prêt à tout faire, et si vous voulez, je me déguiserai en gentilhomme.

FATIVAL.

Et où en trouveras-tu l'habit ?

FRONTIN.

Chez un fripier ; mais comme il me coûterait de l'argent, je trouverai bien des gens qui m'en prêteront un.

FATIVAL.

Ah ! il est vrai que les emprunts.....

FRONTIN.

Sont toujours commodes, et nous devons en savoir quelque chose, nous qui, depuis si long-temps vivons d'emprunts ; mais que voulez-vous ? c'est aujourd'hui la grande mode ; en France, tout n'est qu'emprunt.

AIR de la Pipe de Tabac.

Par son luxe d'emprunt citée,
La blonde Lise, au teint fort brun,
Avec modestie empruntée
Etale une fraîcheur d'emprunt.
L'esprit s'emprunte, c'est l'usage ;
Et plus d'un auteur emprunté
Emprunte maint et maint passage,
Puis, court emprunter un dîné.

Les uns empruntent le langage
De la probité, de l'honneur ;

C

Eglé doit un bel équipage
Aux emprunts faits à sa pudeur.
Certain Receveur à sa caisse
Fait souvent un emprunt aisé ;
Le Gouvernement en détresse
Eut recours à l'emprunt forcé.

FATIVAL (*regardant sa montre*).

Mais il est déjà cinq heures, nous n'avons pas de temps à perdre ; suis-moi.

SCENE VI.e

VALERE *seul*.

ENFIN il est parti ! ce monsieur Fatival est un fat bien insupportable. Voici l'heure du rendez-vous que Julie m'a donné, elle ne tardera pas à venir ; il faut l'attendre un instant, mais je crois que la voici.

SCÈNE VII.e

JULIE, VALERE.

JULIE.

AH ! vous voilà, Valere ?

VALERE.

Oui, charmante Julie ; il m'est donc permis de vous entretenir un moment sans témoin ; libre de toute contrainte, je puis vous parler d'une flamme aussi pure que sincère.

JULIE.

Je n'en doute pas, mais à quoi cela vous menera-t-il ?

VALERE.

Puis-je espérer que votre tante voudra bien agréer la demande que je lui ferai de votre main?

JULIE.

Mais, qui vous a dit que j'étais si pressée de me marier ?

VALERE.

Mademoiselle, j'avais cru que mon amour....

JULIE.

Eh ! oui, vous ai-je dit, je ne doute pas que vous m'aimiez ; vous devez aussi vous être apperçu que vous m'inspiriez quelqu'intérêt, mais je vous avouerai que le mariage a pour moi quelque chose de si effrayant ; il y en a tant qui se sont for-més sous les auspices les plus heureux, et qui cependant ont eu les suites les plus funestes.

AIR : Enfant chéri des Dames.

Plus d'un mari volage
Fut un fidèle amant ;
Aussitôt qu'il s'engage,
Il devient inconstant.
Un amant nous peint son martyre,
Ah ! c'est un piège qu'il nous tend ;
Il est soumis tout le temps qu'il desire,
S'il triomphe, c'est un tyran.
Je hais la contrainte et la gêne,
Sans liberté point de bonheur.
Source de mille peines,
L'hymen donne des chaînes,
La femme alors répète avec douleur
Plus d'un mari volage , &c.
Mais on veut tout connaître,
Et l'on court au malheur ;

L'amant qu'on traite en maître
Devient un dur vainqueur.
Que nous servent nos charmes,
Quand l'époux nous trahit ?
Alors nos seules armes
Sont des pleurs dont il rit.
Non, non, non, c'est trop tard que femme alors se dit :
Plus d'un mari volage , &c.

VALERE.

Vous êtes injuste envers vous-même autant qu'envers moi ; quand on joint, comme vous, les qualités les plus estimables à tous les charmes de la beauté, on est toujours sûr de plaire. Aime-riez-vous mieux que votre tante vous donnât Fatival pour époux ?

JULIE.

Dieu m'en préserve !

VALERE.

Cela pourrait bien vous arriver ; monsieur Fati-val , en homme adroit, fait la cour à votre tante, mais il est facile de deviner qu'il a des desseins sur la nièce.

JULIE.

Il m'a paru n'être toujours occupé que d'une seule chose, et c'est de son mérite.

VALERE.

Je ne conçois pas comment , dans la société, l'on peut souffrir de pareils animaux.

JULIE.

Je serais fâchée qu'on les en exclût ; j'aime à les voir de temps en temps , parce qu'ils m'amusent.

AIR : Résiste-moi , belle Aspasie.

Les fats , dit-on , la sotte engeance !
De toutes parts on les honnit ,
Et plus d'un auteur s'applaudit
De cent traits malins qu'il leur lance.
Pourquoi se déchaîner cóntr'eux ?
Ah ! messieurs , l'on est trop sévère ;
Un singe est plaisant à nos yeux ,
A ce titre , un fat doit nous plaire.

A propos, nous nous masquons ce soir , ma tante et moi ; monsieur Fatival est de la partie, et c'est lui qui s'est offert de nous conduire au bal de madame Dorsigni.

VALERE.

Et vous croyez, peut-être, m'apprendre une agréable nouvelle?

JULIE.

Mais, sans doute, parce que j'espère que vous viendrez avec nous.

VALERE.

Et quel plaisir y trouverai-je? je vous verrai à chaque instant obsédée par ce monsieur Fatival.

JULIE.

Ah ! de la jalousie, vous commencez bientôt ; mais je vais vous tranquilliser, écoutez : j'imagine un tour à lui jouer ; il est convenu avec monsieur Fatival que ma tante se masquera en duegne, et que je dois me déguiser en jokei ; je vais, sous différens prétextes, engager ma tante à me laisser son déguisement et à prendre le mien, je connais son faible, et en lui faisant entendre que quand on est faite au tour, comme elle, un habit d'homme va toujours bien ; elle s'y déterminera facilement ; monsieur Fatival qui n'en est pas prévenu , s'attachera à ma tante , en croyant me parler , et je serai , par ce moyen , délivrée de ses importunités.

VALERE.

L'idée est excellente.

JULIE.

Il n'y a pas de temps à perdre , et je vais près de ma tante travailler à faire réusssir ce projet. (*ils sortent*).

SCENE VIII.e

FATIVAL (*en habit de Pierrot*), FRONTIN, (*déguisé en Financier*).

FRONTIN.

Savez-vous , monsieur , que cet habit vous va comme si vous l'aviez porté toute votre vie.

FATIVAL.

J'admire , à mon tour , ta mise grotesque ; mais ce n'est pas là l'habit d'un gentilhomme ; pourquoi n'as-tu pas pris le déguisement dont nous étions convenus ?

FRONTIN.

J'avais bien mes raisons pour cela.

AIR : Pour ne pas m'attirer de blâme.

Se déguiser en gentilhomme
Autrefois convenait assez
Mais je me sens trop honnête homme ,
Pour insulter aux trépassés.
Je respecte la convenance ;
Qu'aurait-on dit en me voyant ?
Ah ! chacun , fuyant ma présence ;
M'aurait pris pour un revenant.

FATIVAL.

Même air :

En financier tu te déguise,
Je le trouve fort à propos ;
C'est un habit toujours de mise,
Et qui surtout convient aux sots.
Avec un talent ordinaire,
Dans la finance on peut briller ;
Savoir diviser et soustraire ,
Voilà tout l'art du financier.

FRONTIN.

Convenez, monsieur, que je suis bien sous cet habit ; j'étais né, je crois, pour le porter. Nous allons au bal intriguer tout le monde ; madame Aminte doit s'habiller en duegne, et sa nièce en jokei. Oh ! la belle mascarade que cela fera ! on rira, on nous montrera au doigt, et cette nombreuse société qui fera cercle autour de nous, ne sera aussi, à le bien prendre, qu'une belle mascarade.

Air du Diable.

Quelle mascarade !
Un fripon fait le dévot,
En savant s'érige un sot,
Quelle mascarade !

De sa mascarade
Chacun fait un grand profit ;
Un courtisan s'applaudit
De sa mascarade.

Quelle mascarade !
Un laquais fait le Seigneur,
La prude affiche l'honneur,
Quelle mascarade !

Oui , la mascarade
Aujourd'hui régne en tous lieux ;
Tout ce qui frappe vos yeux
N'est que mascarade.

FATIVAL.

J'entends venir quelqu'un. Ah! c'est Julie déguisée en jokei ; profitons de l'occasion.

SCENE IXe

AMINTE (*déguisée en jokei*), FATIVAL, FRONTIN.

FATIVAL.

Vous voilà, charmante Julie ?

AMINTE (*à part*).

Bon ! il me prend pour ma nièce.

FATIVAL.

Qu'il me tardait de pouvoir vous témoigner en liberté les sentimens que vous avez fait naître en mon ame.

AMINTE (*à part*).

Contraignons-nous, et voyons où il en viendra.

FATIVAL.

Oui, belle Julie, depuis long-temps je sens pour vous l'amour le plus vif.

AMINTE (*à part*).

Le traître !

FATIVAL.

Jusqu'ici je ne me suis attaché à votre tante, que dans l'espoir de la disposer à m'accorder votre main.

AMINTE (*à part*).

Ah ! le perfide ! comme il me jouait !

FATIVAL.

Jugez de la force de mon amour, puisque, pour vous obtenir, j'ai feint d'avoir pour votre tante des sentimens qu'elle est, de toute manière, bien incapable d'inspirer. Venez avec moi, nous nous rendrons au bal ; je serai fier de vous conduire dans une société que vous seule embellirez.

AMINTE (*à part*).

Le scélérat m'en disait tout-à-l'heure autant. (*haut*) Mais, monsieur, ma tante......

FATIVAL.

Eh laissons-là cette vieille folle, et suivez-moi.

AMINTE (*à part*).

Ah ! tu me la paieras.

(*ils font un mouvement pour sortir, au même instant la garde vient*).

SCENE X.ᵉ

Un Sergent, FATIVAL, FRONTIN, AMINTE, Soldats.

Le Sergent.

AIR : Jupiter, prêtes-moi ta foudre.

Camarades, qu'on les arrête,
Qu'au corps-de-garde ils soient conduits.
Messieurs, qu'à me suivre on s'apprête ;
C'est mon devoir, je le remplis.

FRONTIN.

Sachez qu'on n'arrête point des gens comme nous.

D

Le Sergent.

Sachez que j'arrête tous ceux qui, comme vous, contreviennent aux réglemens de police : avez-vous une permission pour vous masquer ?

FRONTIN.

Des gens de ma sorte n'en ont pas besoin.

Le Sergent.

Puisque c'est ainsi je vaïs vous mettre en lieu de sûreté.

AMINTE.

Air De la bonne aventure.

Citoyens, nous nous rendons
Dans un bal honnête.

Le Sergent.

Beaux masques, mille pardons,
Mais je vous arrête.

FATIVAL.

Répondez, que nous veut-on ?

Le Sergent.

Monsieur, c'est au violon
Qu'on va vous conduire, ho gué,
Qu'on va vous conduire.

FATIVAL.

Quelle horreur ! quoi, de danser
Il faut qu'on me prive.

Le Sergent.

Oui, monsieur, sans balancer,
Il faut qu'on me suive.
Ah ! la danse vous plaît donc,
Hé bien, c'est au violon
Qu'on va vous conduire, ho gué,
Qu'on va vous conduire.

FRONTIN.

Mais, messieurs, en carnaval, et sur-tout un jeudi-gras, il est permis, je pense....

Le Sergent.

Sans tant de raisons, il faut me suivre.

FRONTIN.

Ces animaux devraient au moins respecter mon habit.

AMINTE.

O ciel! quel embarras : être conduite au corps-de-garde. (*Elle se trouve mal*)

SCENE DERNIERE.

FATIVAL, FONTIN, VALERE, JULIE, AMINTE, Un Sergent, Soldats.

JULIE, (*accourant*).

ARRÊTEZ, monsieur l'officier, voilà une permission du commissaire de police.

Le Sergent (*après l'avoir lue*).

Cela suffit ; je me retire. (*il sort*)

FATIVAL.

Que vois-je ? Julie ! et à qui parlais-je ?

AMINTE (*se découvrant*).

A moi, traître. Ah ! c'est ainsi que tu me jouais ; mais, grâces à mon masque, j'ai découvert ta perfidie.

FRONTIN.

Ces. maudits masques ! rien n'est plus dangereux ; on ne sait jamais à qui l'on parle.

FATIVAL.

Puisque tout est découvert, je ne vous cacherai
pas que depuis long-temps j'adore votre nièce.

AMINTE.

Je l'aime trop, pour la donner à un fourbe
comme toi. Et vous, Julie, comment avez-vous
fait pour obtenir l'ordre que vous avez donné
à l'officier.

JULIE.

J'étais avec Valere que voilà, lorsque tout-à-coup
nous avons entendu un grand bruit dans la rue ;
nous avons vu que c'était la garde qui voulait
vous arrêter, et aussitôt Valere a couru chez l'officier
de police qui est son ami, pour obtenir l'ordre
de votre liberté.

AMINTE.

Je vous remercie, Valere, du service que vous
m'avez rendu ; je sais que vous aimez ma nièce,
et je permets votre mariage.

VALERE.

Comment pourrai-je, madame, reconnaître
tant de bonté ?

FATIVAL.

Et moi, je reçois une leçon, et j'en profiterai ;
je ne m'en rapporterai plus au masque, puisqu'on
en change du matin au soir.

A I R : *Mon Père était Pôt.*

Il faut distinguer aujourd'hui
La personne du masque,
On croit embrasser un ami,
On n'embrasse qu'un masque ;
Tout homme prudent
Doit à chaque instant
Songer qu'on porte un masque.
Avant de parler,
Il doit déviner
Ce que couvre le masque.

J U L I E.

Même air.

Il faut un masque, et sur ce point,
On ne fait jamais grâce ;
Quand on en connaît le besoin,
Malheur à qui s'en passe ;
On le hait, on le fuit,
Et tout haut chacun dit :
C'est un sot, un fantasque ;
Veut-on s'enrichir ?
Pour y réussir,
Messieurs, il faut un masque.

F R O N T I N.

Même air :

Tel en vous serrant dans ses bras
De vous nuire s'occupe,
Beau masque, dirais-je tout bas,
Cherchez une autre dupe,
Souvent un poltron
Fait le rodomont
Parce qu'il porte un casque ;
Je ris du César
Et me dis à part :
Je te connais beau masque.

FATIVAL, (*au public*).

Même air :

L'Auteur attend peu de succès
Si l'on est trop sévère,
C'est le premier de ses essais,
Heureux, s'il peut vous plare ;
N'a-t-il aujourd'hui
Qu'excité l'ennui,
Il gardera le masque ;
Mais est-on content ?
Dans le même instant
Il quittera le masque.

FIN.

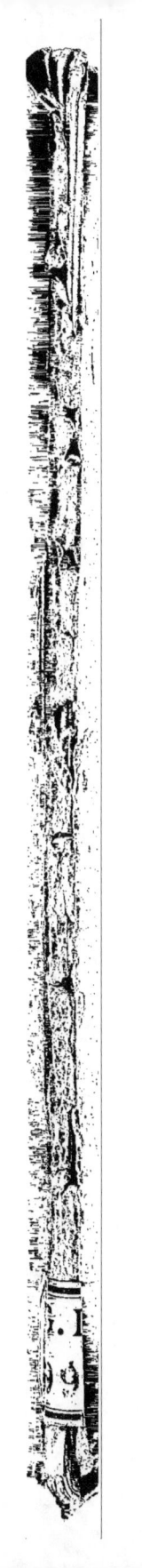